KB122760

그때의 나에게 안부를 묻다

그때의
나에게
안부를
묻다

이름:

생년월일:

태어난 곳:

_______________의 이야기

들어가며

누군가의 아내이자 엄마로 살다 보면
나보다 다른 사람을 위해 사는 시간이 많아집니다.
가족을 챙기고 집안을 돌보고 나면
어느새 하루가 다 지나가 있죠.
그런 나날이 반복되면 내가 그다지 중요하지 않은 존재가
된 것만 같은 생각이 들기 시작합니다.
내게도 인생의 주인공이었던 시절이 있었는데
그때가 언제인지 희미하기만 합니다.

이제는 나를 다시 기억할 시간입니다.
이 책은 인생에서 소중한 시간들을 떠올리며
그 순간 주인공이었고 지금도 여전히 그러한 나를
기억하기 위해 만들었습니다.

그 과정이 막막하지 않도록 삶을 돌아보고 기록할 수 있게
도와줄 질문들을 담았습니다. 책 속의 질문에 답하며
내 안의 추억과 생각을 하나하나 써 내려가다 보면
점점 또렷해지는 나를 찾을 수 있을 것입니다.

나의 삶을 살기 위해
꼭 거창한 무언가를 해야 하는 것은 아닙니다.
간직하고 싶은 소중한 순간을 자신의 말로 기록한다면
나는 삶의 주체이자 기록자가 될 테니까요.
이제 그리운 그때의 나에게 인사를 건네세요.
나의 순간을 살아가기 위해, 기억하기 위해.

나의 첫 번째 가족 이야기

"세상에 가족보다 아름다운 건 없어!"

— 루이자 메이 올콧 《작은 아씨들》

언제, 어디에서 태어났나요?

부모님 성함은 무엇이고, 고향은 어디인가요?

부모님 중 누구를 더 많이 닮았나요?

엄마와 아빠는 어떻게 만났나요?

엄마는 어떤 사람인가요?

엄마와의 가장 행복했던 기억은 무엇인가요?

아빠는 어떤 사람인가요?

아빠와의 가장 행복했던 기억은 무엇인가요?

아빠가 특별히 소중하게 여기던 물건이 있나요?

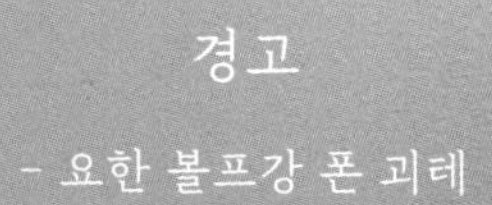

경고

– 요한 볼프강 폰 괴테

어디까지 방황하며 멀리 가려고 하는가?
보아라, 좋은 것은 여기 가까이에 있다.
행복을 잡는 법을 배워라.
행복은 언제나 네 곁에 있다.

부모님의 성격 중 어떤 점을 닮았나요?

부모님은 무슨 일을 하셨나요?

부모님께 가장 서운했던 일은 무엇인가요?

부모님이 안쓰러웠던 적은 언제인가요?

형제자매가 큰 힘이 된 순간은 언제인가요?

형제자매 때문에 힘들었을 때는 언제인가요?

형제자매 중 나와 특별히
사이가 좋았던 사람은 누구인가요?

형제자매와 크게 싸운 일은 무엇인가요?

형제자매 중 나와
가장 비슷한 사람과 다른 사람은 누구인가요?

큰 힘이 되었던 부모님의 한마디는 무엇인가요?

"서두를 필요 없다.
반짝일 필요도 없다.
자신 외에는 누구도 될 필요가 없다."
- 버지니아 울프

"No need to hurry.
No need to sparkle.
No need to be anybody but oneself."

– Virginia Woolf

우리 가족이 좋아했던 외식 메뉴는 무엇이었나요?

어린 시절 살던 집은 어떤 곳이었나요?

우리 집의 명절 풍경은 어땠나요?

퇴근길에 아빠가 사다 주곤 했던 음식은 무엇인가요?

가장 좋아하는 엄마의 음식은 무엇인가요?

우리 가족이 행복했던 날을 생각하면 언제가 떠오르나요?

부모님과 꼭 해보고 싶은 일은 무엇인가요?

부모님께 전하고 싶은 말을 적어보세요.

아직 못다 한 이야기___

photo

나의 어린 시절

"어른들도 누구나 처음엔 아이였단다.
그걸 잊지 않는 게 중요해."
— 앙투안 드 생텍쥐페리 《어린 왕자》

이름은 어떤 뜻이고, 누가 지어줬나요?

나의 첫 기억은 무엇인가요?

유치원에서 있었던 특별히 기억에 남는 일이 있나요?

어린 시절의 별명이나 애칭은 무엇이었나요?

방과 후 친구들과 자주 하던 놀이는 무엇인가요?

아직도 기억나는 나의 짓궂은 장난은 무엇인가요?

집에서 특별히 좋아했던 장소가 있나요?

"앞으로 알아갈 수많은 일들을 생각하면
정말 멋지지 않나요?
전 그걸 생각하면 살아 있어서 다행이라고 느껴요.
정말 재미있는 세상이잖아요.
모든 걸 속속들이 알 수 있다면
재미라곤 없을 거예요.
그럼 상상력을 펼칠 기회도 없을 거고요.
그렇지 않나요?"

– 루시 모드 몽고메리 《빨강 머리 앤》

"Isn't it splendid to think of
all the things there are to find out about?
It just makes me feel glad to be alive—
it's such an interesting world.
It wouldn't be half so interesting
if we know all about everything, would it?
There'd be no scope for imagination then,
would there?"

– Lucy Maud Montgomery 《Anne of Green Gables》

어린 시절 좋아했던 TV 프로그램은 무엇인가요?

특별히 애착을 가졌던 장난감이나 인형이 있나요?

어떤 성격의 아이였나요?

친구와 크게 싸웠던 적이 있나요?

어린 시절 꿈은 무엇이었나요?

어린 시절 가장 좋아했던 책은 무엇인가요?

생일이나 크리스마스에 받았던
기억에 남는 선물이 있나요?

어릴 때 좋아했던 음식과
싫어했던 음식은 무엇인가요?

어린 시절 유달리 무서워했던 것은 무엇인가요?

어릴 때 가족과 갔던 여행지 중
기억에 남는 곳은 어디인가요?

인생을 꼭 이해해야 할 필요는 없다

– 라이너 마리아 릴케

인생을 꼭 이해할 필요는 없다.
인생은 축제와 같은 것.
매일 인생이 흘러가는 대로 살아가라.
모든 상처를 피해 떠난 아이가
많은 꽃들의 선물을 우연히 발견하듯이.

아이는 꽃잎을 모아 간직하는 일에는
관심이 없다.
자기 머리카락에 행복하게 머문 꽃잎들을
살포시 떼어내고,
사랑스러운 젊은 시절을 맞이하며
새로운 꽃잎에 손을 내밀 뿐.

부모님께 가장 크게 혼났던 적은 언제였나요?

부모님께 받은 벌 중 정말 싫었던 것은 무엇인가요?

어린 시절 가장 많이 울었던 것은 언제인가요?

처음 학교에 간 날은 어땠나요?

기억에 남는 초등학교 선생님은 누구인가요?

학교 끝나고 자주 사 먹었던 추억의 간식은 무엇인가요?

어렸을 때 재미있게 배웠던 것은 무엇인가요?

어렸을 때 재미있게 배웠던 것은 무엇인가요?

가장 그리운 어린 시절의 추억은 무엇인가요?

아직 못다 한 이야기___

photo

나의 청소년기

"어느 길로 가야 하는지 좀 가르쳐줄래?"

"그건 네가 어디로 가고 싶은가에 달렸지."

— 루이스 캐럴《이상한 나라의 앨리스》

중고등학교 시절에 어떤 학생이었나요?

중고등학교 때 좋아했던 연예인이 있나요?

학창 시절 가장 친했던 친구는 누구인가요?

친구들과 자주 가던 분식집이 있나요?

친구 문제로 고민했던 적이 있나요?

청소년 시절 부모님께 했던 거짓말이 있나요?

첫사랑은 언제였고, 어떤 사람이었나요?

네 잎 클로버

– 엘라 히긴슨

나는 태양이 황금과 같이 반짝이고
벚꽃이 눈송이처럼 피어나는 곳을 알아요.
그리고 그 밑에는 세상에서 가장 아름다운 곳,
네 잎 클로버가 자라는 곳이 있지요.

잎 하나는 희망을, 하나는 믿음을,
그리고 또 하나는 사랑을 뜻하잖아요.
하지만 신은 행운의 잎을 또 하나 만드셨어요.
당신이 열심히 찾아본다면, 어디에서 자라는지 알 수 있을 거예요.

하지만 희망을 품고 믿음을 가져야 해요.
사랑해야 하고 강해져야 하죠.
열심히 일하고, 기다리면, 네 잎 클로버가
자라는 곳을 찾게 될 거예요.

중고등학교 때 유행했던 스타일 중
기억에 남는 것이 있나요?

좋아했던 과목과 싫어했던 과목은 무엇인가요?

중고등학교 때 특별히 좋아했던 선생님이 있나요?

중고등학교 때 싫어했던 선생님이 있나요?

가입했던 교내 활동 모임이 있나요?

중고등학교 시절 어떤 꿈을 꾸었나요?

고등학교 시절 가장 큰 고민은 무엇이었나요?

다시 학창 시절로 돌아간다면 무엇을 바꾸고 싶나요?

사춘기 시절의 나는 어땠나요?

선생님에게 가장 크게 혼났던 일은 무엇인가요?

중고등학교 시절에 했던 일탈은 무엇인가요?

중고등학교 시절에 했던 일탈은 무엇인가요?

중고등학교 시절
방과 후에 주로 무엇을 하며 시간을 보냈나요?

누구에게나 이보다 훨씬 더 놀라운 일들이 일어날 수 있다.
불쾌하고 우울한 생각이 마음에 찾아들더라도
유쾌하고 용감하며 단단한 생각들로
그것들을 제때 밀어낼 수만 있다면 말이다.
그 두 가지 생각은 한곳에 머무를 수 없다.

"아가, 네가 장미 나무를 정성스레 가꾼다면
그곳에 엉겅퀴는 자라지 못한단다."

– 프랜시스 호지슨 버넷 《비밀의 화원》

빨리 어른이 되고 싶었나요?

가장 기억에 남는 수학여행은 언제인가요?

특별히 기억에 남는 방학이 있나요?

학창 시절에 봤던 기억에 남는 영화가 있나요?

중고등학교 친구 중 10년 후에도
계속 만날 것 같은 사람은 누구인가요?

열일곱 살의 나에게 어떤 말을 해주고 싶나요?

중고등학교 시절
내가 꿈꾸던 20대는 어떤 모습이었나요?

학창 시절 가장 즐거웠던 기억은 무엇인가요?

아직 못다 한 이야기___

photo

성인이 되고

"엘리자가 말했어요. 세상은 생각대로 되지 않는다고.
하지만 생각대로 되지 않는다는 건
정말 멋진 것 같아요.
생각지도 못했던 일이 일어나는걸요."

— 루시 모드 몽고메리 《빨강 머리 앤》

스무 살이 됐을 때
가장 하고 싶었던 일은 무엇인가요?

첫 월급으로 무엇을 했나요?

사회생활을 하면서 가장 힘들었던 점은 무엇인가요?

인생의 롤모델은 누구였나요?

술에 관한 잊지 못할 에피소드가 있나요?

삶이 그대를 속일지라도

- 알렉산드르 세르게예비치 푸시킨

삶이 그대를 속일지라도,
슬퍼하거나 노여워하지 말라!
슬픈 날을 견디자.
즐거운 날은 오고야 말리니.

마음은 미래에 살고,
현재는 우울한 것.
모든 것은 찰나이고, 모든 것은 사라지나,
지나간 것은 소중해질 것이니.

다시 학창 시절로 돌아가고 싶었던 적이 있나요?

첫눈에 반한 적이 있나요?

이삼십 대에 푹 빠져 있던 취미생활이 있나요?

성인이 된 후 가장 큰 용기를 낸 일은 무엇인가요?

언제쯤 결혼을 하고 아이를 낳고 싶었나요?

결혼 전의 나는 어떤 결혼식을 꿈꿨나요?

남편의 첫인상은 어땠나요?

남편과의 첫 데이트 장소는 어디였나요?

언제 '이 사람과 결혼해도 되겠다'라고 생각했나요?

성인이 되어 좋았던 점은 무엇인가요?

무엇이 무거울까?

- 크리스티나 로제티

무엇이 무거울까? 바닷모래와 슬픔이,
무엇이 짧을까? 오늘과 내일이,
무엇이 연약할까? 봄꽃과 젊음이,
무엇이 깊을까? 바다와 진실이.

What Are Heavy?

– Christina Rossetti

What are heavy? Sea-sand and sorrow:
What are brief? Today and tomorrow:
What are frail? Spring blossoms and youth:
What are deep? The ocean and truth.

어른의 무게를 느낄 때는 언제인가요?

내가 가장 잘하는 일은 무엇인가요?

남들보다 잘하고 싶었던 것이 있나요?

직업을 바꿀 수 있다면 무슨 일을 하고 싶나요?

나를 위해 했던 가장 큰 소비는 무엇인가요?

인생의 전환점이 된 사건이 있나요?

성인이 되어 가봤던 여행지 중에
가장 좋았던 곳은 어디인가요?

꿈꾸던 모습의 어른이 되었나요?

아직 못다 한 이야기___

photo

엄마로서의 나, 그리고 아이

"신은 모든 곳에 있을 수 없어서 어머니를 만들었다."

— 유대인 속담

임신 사실을 처음 알았을 때 어떤 기분이 들었나요?

임신 중 무엇이 가장 힘들었나요?

처음 아이를 안은 순간 무슨 생각이 들었나요?

아이의 태명은 무엇이고, 무슨 의미인가요?

언제 엄마가 되었다는 걸 처음 실감했나요?

나를 감탄하게 한 아이의 한마디는 무엇인가요?

아이 때문에 울었던 적이 있나요?

만약 하늘에 온통

– 헨리 반 다이크

만약 하늘에 온통 햇빛만 가득하다면,
우리의 얼굴은 기꺼이
시원한 빗줄기를
한 번 더 느끼고 싶어 할 것입니다.

만약 세상에 온통 음악 소리만 가득하다면,
우리의 마음은 때로
끊임없는 노래를 끊어줄
달콤한 침묵을 갈망할 것입니다.

만약 삶에 항상 즐거움만 가득하다면,
우리의 영혼은 슬픔의 고요한 품속에서
지친 웃음을 벗어나
안정과 휴식을 찾을 것입니다.

아이가 잠들었을 때 무엇을 하며
소소한 즐거움을 느꼈나요?

아이와 나는 어떤 점이 닮았나요?

아이에게 위로받았던 적이 있나요?

아이가 처음으로 "엄마" 하고 말했을 때 어땠나요?

아이의 초등학교 입학식을 지켜보며
어떤 마음이 들었나요?

엄마여서 행복했던 순간은 언제인가요?

다시 아이를 키운다면 무엇을 다르게 해보고 싶나요?

언제 아이가 가장 사랑스러운가요?

아이가 자랑스러웠던 순간은 언제인가요?

아이가 힘들어할 때 어떤 음식을 해주었나요?

엄마로서 스스로를 칭찬하고 싶은 점은 무엇인가요?

아이와 단둘이 함께했던 특별한 경험이 있나요?

인생

- 샬럿 브론테

인생은 사람들 말처럼
어둡기만 한 꿈이 아닙니다.
아침에 짧게 내리곤 하는 비는
화사한 오후를 미리 말해주지요.
때론 어두운 구름이 드리우지만
모두 잠시 머무를 뿐입니다.
소나기가 와서 장미가 핀다면
오, 왜 소나기가 내리는 것을 슬퍼하겠어요?
순식간에, 명랑하게,
인생의 맑은 날은 휙 지나가 버려요.
감사하며, 기분 좋게,
흘러가는 그 날들을 즐기세요.
가끔 죽음이 끼어들어
가장 좋아하는 이를 데려간다 한들 어때요?
슬픔이 승리하여
희망을 짓누르는 것 같으면 어때요?
희망은 넘어지는 순간에도 정복당하지 않고
용수철처럼 다시 튀어 오른답니다.

여전히 생생한 금빛 날개를 가지고,
여전히 우리를 강하게 지탱해주지요.
씩씩하게, 두려움 없이,
힘든 날들을 견뎌내세요.
영예롭게, 당당하게,
용기는 절망을 이길 수 있습니다.

아이가 학교에서 말썽을 부린 적이 있나요?

아이에게 해주지 못해 미안한 것이 있나요?

아이를 가장 크게 혼낸 것은 언제인가요?

엄마가 되지 않았다면 어떤 삶을 살았을까요?

아이가 어떤 사람이 되길 바라나요?

아이와 가장 해보고 싶은 것은 무엇인가요?

엄마가 되고 비로소 이해하게 된
우리 엄마의 행동은 무엇인가요?

엄마의 가장 중요한 역할은 무엇이라고 생각하나요?

사랑하는 사람이 생긴 아이에게
무슨 말을 해주고 싶나요?

아이에게 어떤 엄마로 기억되고 싶은가요?

아이에게 결혼에 대해
해주고 싶은 말은 무엇인가요?

아이가 부모가 되기 전에
알려주고 싶은 것은 무엇인가요?

아직 못다 한 이야기___

photo

나의 생각들

"삶은 풀어야 하는 문제가 아니라,
경험해봐야 하는 여행이야."
— 앨런 알렉산더 밀른 《곰돌이 푸》

삶이 힘들 때 힘이 되는 말은 무엇인가요?

스트레스를 해소하는 나만의 방법이 있나요?

가장 빠르게 행복해지는 나만의 방법은 무엇인가요?

좋아하는 계절이 오면 꼭 하는 것이 있나요?

혼자 여행을 떠난다면 가보고 싶은 곳은 어디인가요?

참나무

\- 앨프리드 테니슨

젊어서나 늙어서나
당신의 삶을 사시오.
봄이 오면 생생한 황금빛으로
밝게 빛나는
참나무같이.

여름이 오면 잎이 풍성해지고,
그리고, 그러고 나서,
가을에는 다시
맑은 황금빛으로 바뀌는.

마침내 나뭇잎이
모두 떨어지면,
보시오, 우뚝 선
줄기와 가지,
벌거벗은 힘을.

The Oak

– Alfred Tennyson

Live thy Life,
Young and old,
Like yon oak,
Bright in spring,
Living gold;

Summer-rich
Then; and then
Autumn-changed
Soberer-hued
Gold again.

All his leaves
Fall'n at length,
Look, he stands,
Trunk and bough
Naked strength.

배우고 싶은 언어가 있나요?

힘들 때 위로가 되어준 음악이 있나요?

가장 재미있게 읽은 책은 무엇인가요?

가장 재미있게 읽은 책은 무엇인가요?

주말을 어떻게 보낼 때 가장 행복한가요?

먹으면 기분이 좋아지는 나의 소울푸드는 무엇인가요?

살면서 가장 힘들었던 순간은 언제였나요?

가족은 나에게 어떤 존재인가요?

하루 중 가장 좋아하는 시간은 언제인가요?

마음이 편안해지는 공간은 어디인가요?

요즘 나의 소소하지만 확실한 행복은 무엇인가요?

항상 지키려고 노력하는 나만의 원칙이 있나요?

잃고 나서야 후회한 것이 있나요?

내 인생에서 가장 중요한 것을 꼽는다면 무엇인가요?

자신감을 회복하는 나만의 방법은 무엇인가요?

아름답게 나이 들게 하소서

- 칼 윌슨 베이커

아름답게 나이 들게 하소서,
수많은 멋진 것들이 그러하듯이.
레이스와, 상아와, 황금들,
그리고 비단도 꼭 새것일 필요는 없습니다.
오래된 나무에 자생력이 있듯이,
오래된 거리가 아름다움을 품고 있듯이,
이들처럼 저도
아름답게 나이들 수는 없나요?

Let Me Grow Lovely

– Karle Wilson Baker

Let me grow lovely, growing old—
So many fine things do:
Laces, and ivory, and gold,
And silks need not be new;
And there is healing in old trees,
Old streets a glamour hold;
Why may not I, as well as these,
Grow lovely, growing old?

용기가 없어서 해보지 못한 일 중에
도전하고 싶은 것은 무엇인가요?

사람에게 받은 가장 큰 상처는 무엇인가요?

세상을 살아가는 데 꼭 필요한
두 가지를 꼽는다면 무엇일까요?

인생을 10년 단위로 생각했을 때
가장 좋았던 시절은 언제인가요?

다시 태어난다면 어떤 삶을 살고 싶은가요?

앞으로 살아가면서
좀 더 발전하고 싶은 부분은 무엇인가요?

은퇴 후 어떤 삶을 살고 싶나요?

나를 한 단어로 표현한다면 무엇일까요?

과거로 딱 하루만 돌아갈 수 있다면
언제를 선택할 건가요?

나에게 가장 고마운 존재는 누구인가요?

세상을 떠난 뒤
가족에게 어떤 사람으로 기억되고 싶나요?

오늘이 내 인생의 마지막 날이라면
무엇을 하고 싶나요?

아직 못다 한 이야기___

photo

나의 기록을 마치며

그때의 나에게 안부를 묻다

초판 1쇄 발행 2021년 4월 30일

지은이 칼 윌슨 베이커 외
발행인 안병현
총괄 류승경
편집장 박미영
기획편집 김혜영 정혜림 조화연 **디자인** 이선미 **마케팅** 신대섭

발행처 주식회사 교보문고
등록 제406-2008-000090호(2008년 12월 5일)
주소 경기도 파주시 문발로 249
전화 대표전화 1544-1900 **주문** 02)3156-3681 **팩스** 0502)987-5725

ISBN 979-11-5909-859-8 (03800)
책값은 표지에 있습니다.